Adolf Endler
Krähenüberkrächzte Rolltreppe

Adolf Endler

Krähenüberkrächzte Rolltreppe

Neunundsiebzig kurze Gedichte aus einem halben Jahrhundert

Wallstein Verlag

Dieses Buch sei meiner Frau Brigitte gewidmet.

»Dem Chaos trank ich
manchen Becher zu.«

Alfred Mombert

Prolog

Das zwanzigste Jahrhundert

1

»Gegrüßt sei, Jahrhundert! / Du, herrlich wie keins!«

2

…
mit
kreuz-
wei-
se
auf
den
Rük-
ken
ge-
fes-
sel-
ten
Blik-
ken
…

3

»Du, unser Jahrhundert, / Dem keines gleicht!
Du mächtige Zeit! Du Zeit aller Zeiten!«*

* Die Zitate aus Johannes R. Bechers »Präludium«.

Neunzehnhundertsiebenunddreissig

Auf krausem Schuttplatz
Schwelt die sumpfige Matratze
Da hock ich einsam und
Da schnitz ich mir den Pfeil
Den hab ich noch heute

Neunzehnhunderteinundvierzig

Ich sammle Brombeerdunkelblau
Es drängt sich durch den Drahtverhau
Durch rost'gen Draht der grüne Strauch
Das Kind
          Der Draht
                    Des Südwinds Hauch
Der Brombeerstrauch Der Posten
Der Krieg Jetzt-Auch-Im Osten

Fragment

....

Ein Wind der sichelte Haar und Kopfhaut
(Drei mal drei mal drei Sicheln sausen am Himmel)
Und die Hand die Haar und Braue und Kopfhaut zudeckte
(Drei mal drei mal drei mal drei Sicheln)

Lied

Ein Gedicht: aber ein Gedicht, das noch keinen Schluß hat.

Ein Lied, das du gern singen möchtest: aber nun findest du nicht die Noten.

Oder beispielsweise ich: niemals hungrig, niemals satt.

Ich: halb lebendig und halb bei den Toten.

Oder denk dir ein Flügelpaar aus: aber unter dem Flügelpaar sei kein Wind …

Zwei
Hälften eines Auges, die
voneinander geschnitten sind

Bildungsweg

1

Angst vor der Frau mit Hakenkreuzbrosche und
Häubchen Abends erzählt sie des Führers Kindheit
So artig werden wir nie

2

Daß auch der Führer so manche Streiche gespielt
Hat Artige Kinder leugnen's folgsam der Frau im
Häubchen noch jetzt

Unwirsche Hymne auf Frankfurt/Main

Auch Euch Frankfurter Würstchen auf den Schaufenster-
borden hungert nach mir
(Und ich kann Euch nicht helfen, owê! Ihr Rosigen,
dahin ist mein Geld),
Streckt Euch fingerig aus und gierend nach meinen
Zähnen, Brüder auch Ihr!,
Oder besser noch: Schwestern! (Wurst ist weiblich:
d i e Wurst; sächlich: d a s Bier),
In trübes Glas Ihr gepfropft und Weltruhm, in traurige
Zeiten gestellt!
Vergammeln läßt den begnadeten Dichter und Euch
nicht minder die Welt!

Unwirsche Hymne auf Stuttgart

Viel später, in Stuttgart,
War erheblich der Sommer los,
Die Stadt aus lauter
Langsam zerfließenden Brühwürfeln,
MAGGIS mit Maden.

Ich verkaufte aus der Bauchtasche
An die Maden die STUTTGARTER ZEITUNG;
Am Kirchentag verkaufte ich sechs Stück mehr,
Ein kleines Wirtschaftswunder, Hallelu …

Doch, eine »Gartenstadt« ist Stuttgart-Town!
Das aber fiel mir erst in Hamburg auf, vor einem Zaun:
Oh Plakat mit der schwellenden Rose!

Postkarte an M. S. in Dinslaken

Unter dem Lampenschirm aus Menschenhaut
Haben sie singend gesessen
Dessen erinnern sie sich nicht mehr
Aber daß ihnen ein Pole die Armbanduhr geklaut
Hat ein Tommy die Geldbörse leer
Das werden sie nie das werden sie nie
Das werden sie niemals vergessen

Weinufer im August

Schiefer zerblätternd Blitze
Herabperlend Glast und Glut
Aus Rissen staubichtes Blut

So endlich

So endlich fragt mein Haß:
Was ist's nur, ist das, was
Auf meine Hände rinnt?
Du sagst, es seien Tränen,
Die aus deinen Augen sind?

Ich möchte, Elvira, wähnen:
Es sind rieselnde dünne Strähnen
Sandes –
            oder nur Wind …

(Als der Krieg zu Ende war:)

Da war ein Nest blutroten Schwalbenflaums
Da war ein Nest gebaut aus nackten Knöchlein
Der kleinen Schwalben die in diesem Nest
Gebaut aus ihren Knöchlein hausen wollten
Sehr warm im Nest aus ihrem Flaum blutrot

GEHEN DIE SÖHNE hinter den Seen und Nebeln auf
oder unter,
ferne, verschwimmende Monde – manche wohl liegen
auch schon,
den Kopf nach unten gedreht ins Wasserloch,
im klirrenden Eis
–, senden ihnen die Mütter weinend Handschuh
und Halstuch .....

Übung

Da gehn Gesichter unter strudelndem Glas
Der Leichen Haar wuchs aus zu Wirbeln Rispengras
Die Wasser haben sich geöffnet und geschlossen
Doch eh er auf den Kieseln weggeflossen
Im Strudel manchmal hat ein Kopf gewagt
Sich schwach zu heben Das ist untersagt
NACHRICHTENSPERRE Etwas Gischt für mich für jeden
Die Offiziere aber reden reden reden
Gleich nach der Trauerfeier schwirren sie nervös
Ins Haus sie picken kitzeln schlagen bös
Die Generalstabskarten hier und da mit Stiften
Da zwölf Gefreite nickend auseinanderdriften

Anmerkung zu einem Abschied

1

Diese eine so deutliche Falte
Deren Sinn ich noch immer nicht kenn
Die ich insgeheim schelte wie schalt
Bösen Aug's ins Gedächtnis mir brenn
Kurz bevor ich den Blick von ihr trenn
Diese fremde schwer deutbare Falte
Und warum nur so oft übermalte
Dieses haarfeine Heiß oder Kalt

2

Strikt nahmst du den Weg durch den Wald

Ritornell

Abruptes Licht o Sonnenstrahlentraube
Der Schlag auf die Scheitellinie der Frau
Zögert
          und wird eine Taube

Jessenin 1923

Herbstdünste? Kneipendunst? Und der im Russenrock
Bin immer ich? Den Boulevard schwank ich entlang
Und schlag das Heu, die Nebelschwaden mit dem Stock,
Und treib, und heftig, meinen Atem mit Gesang.

Als Bote komme ich! Hier, seht die Schuh aus Bast!
Die Damen klatschen dankbar? Hab ich mich verirrt?
Ich habe meinen Adressaten wohl verpaßt,
Und meine klare Botschaft klingt verrückt und wirr –

Fahrerflucht

Wie im Rückspiegel eines Autos, und das fährt gut,
Bleibst Du zurück. Ja, schrumpf!
Ich hab nichts mehr von Dir als den mausgrauen Strumpf,
»Westware«, Ella,
Der nach dem Rasieren mein Blut stillt, höchst trefflich
mein tränengleich tröpfelndes Blut;
»Westware«, Ella.
Ja, wie im Rückspiegel: – Deine Handtasche, »Westware«,
blinkt.
Nicht Deine Hand, Deine silbrige Handtasche winkt,
Dies »Ich kann es mir leisten!«
Sie seh' ich am schärfsten, am längsten, am meisten,
Dich nicht.
Zuerst verschwamm Dein noch vorjahrs so festes Gesicht.

Du drehtest dich nicht mehr um
Ich drehte mich um und ich sah
Du Krumme
                Du Kleine
                        Du Graue
Du warst grauer und kleiner und krumm
Nie warst du mir näher als da

Vielleicht im Frühling – ein lila Dunst
Spielt mit den Konturen der Blätter:
– »Noch das Stündchen, Tod! Dann probier deine Kunst!«
– »Nein, auch du schreibst in jedem Wetter!«

Vielleicht im Winter – die Flocke schneit
In die starre Hand, hartes Tuch …
Vielleicht ist's noch kurz, vielleicht hab ich's weit:
Ich schreib mürrisch mein Leben und werd es nicht leid,
Ein dickes, ein dünnes Buch?

Vor der Niederwalzung der Laubenkolonie

(Nach Paul Gurks Roman »Laubenkolonie Schwanensee«)

… Franz Grau, ja, der in ewiger Drillichkluft,
Der stillste hier von manchen stillen Kunden,
Er? – Sprengt sich mit der Laube in die Luft!
Na, bestens! Doch wieso, das frag' ich mich seit Stunden!,
Wieso samt beiden – sonst doch niemals Schuft! –
Einmalig edlen – wirklich!, unumwunden! –,
Fast unersetzlichen – und jetzt wie Nichts zerpufft!,
Und hätten Scharen Liebhaber gefunden! –
Bon scharfen *Eins-A-Deutschen-Schäferhunden* …?
(Ob Ruhe findet Grau in seiner Gruft?)

Gleichnis für Gertrud

In der Tasche der fetten Trude das Täschchen
Darin ein noch kleineres Täschchen verborgen ist
Das alles berge ich in dieser riesigen Aktentasche
Wenn meiner Dampflok schwach ist in Gelenk und
  Nacken
Der Schweiß aus Trude trieft und rührend stinkt

Gutes Verhältnis zur Kritik

Gewitter werden entfesselt
Die könnten dich Dichter ertränken
Steinschläge ausgelöst
– *Bitte laß dich nicht kränken*

Einsendung zum Schlagerwettbewerb

Ich schlief in den Feldern
Als ich erwachte
Schüttelte ich eine Wimper
Schnee vom Lid
Ich lag in Schnee und Asche
Ich lag in den Feldern
Das Gesicht einem Licht
  Meinem Stern zugewandt
Ich bin verloren
Ich sah es im Traum
  Du nahmst ungerührt
  Einen Stern in die Hand
  Und stecktest ihn kling
  Wie einstens den Ring
  In deine Schultertasche

Doppel-Elegie

Im Schatten der Überroten Endgültigen Brände
Ich bin im Aschengelände mit Drei Mal Getöteten Toten

Mein Vers hat ein Scharfes Ende

Und nicht Einer für ihn Fand die Noten

Mein Herz dreht sich bass
Draußen geht etwas
Jetzt bleibt das steh'n
Jetzt ist's wieder am Geh'n
Mein Fenster wird verhängt
Das ist vorbeigegangen
Mein Herz ist schnapsversengt
Mein Fenster ist verhangen

Die Wolke

Damals im Frühling
Ich wandre ich frier
Warm fällt der Regen
Auf feuchtem Papier
  Ich schrieb
Von Asche von Asche
  Ich schrieb
  Ich schrieb
Von Asche

GLOSSE

1
Was sind das für Zeiten, wo ein Gespräch über die Kollegen X. Y. oder Z. für manch einen fast ein Verbrechen ist!

2
O Zeiten der SCHÖNEN MENSCHENGEMEINSCHAFT, in denen man vor purer Glückseligkeit, wie es scheint, gern das Sprechen vergißt!

3
Indessen, ich bin der geborene Schwätzer leider, was allmählich bekannt sein dürfte, und schwätze und schwätze und schwätze!

4
»Auf diese Weise kommst Du *nie* auf die vorderen Plätze, mein Alter, nein, niemals! Da reichen oft drei so'ner Sätze!«

Die alten Dudelsäcke tüchtig aufgebläht   zu einem Luft-Ballon   zu einem tollen Mond   für jenes irre wirre kirre Quietschen   noch ein Jahrhundert   oder höchstens zwei

(frei nach G. Trolliet)

Der grosse Sprung

Viel Gepäck blieb zurück auf dem Marsch
Hier eine lieb gewordene Gewohnheit dort
Nur eine Erinnerung immer häufiger dann
Ein Gedanke den wir später wiederzufinden
Hofften auf dem heimlich ersehnten Rückzug
In hastigen Tagesmärschen Hals über Kopf
Bitte zeitig genug ja recht lang vor dem Ende

Freilichtbühne

Ah seine Schispur damals bis scharf an den Rand der Bühne vor dreißig Jahren genau Hier also stand er und blickte ins Zuschauerrund ins leere Schneewirbel rings graues Stürmen *Hier ja hier* sagte er *laßt andere Spiele geschehen* und ... Dann fand er den Rückweg nicht mehr und erfror Das war er oder ich

Offener Schluss

Der Boden rosa, die Wände bleu.
        »Gut für die Nerven, dies milde Farbenbukett«,
Lobte leise und immer leiser Hans-Gerd,
        »Einwandfrei!«,
Eh er, Salzstangen kauend, verschied.

Mißmutig ging die Familie nach Hause zum Bus.
Mißmutig aß sie den Rest der Salzstangen,
                            schließlich die Bröckchen.
Wozu nur der Spurt an solch ein Krankenhausbett?
»Irgendwie ist es nicht das Richtige
Gewesen«, murmelte Jupp,
»Einwandfrei!«

Love-Story / Nach Gumiljow

Für die Spielschürze (Das ist der Point)
All das Schreibzeug hier hingeben würd' ich's
(Ich dein fiebernd geschwätziger Freund)
Für dein weißes dein kindliches Schürzchen
(Der seit Wochen nichts tut nur noch streunt)
....

Krähenüberkrächzte Rolltreppe

Die fünftägige Sitzung Ein sechswöchiger Aufenthalt Die vierteljährliche Frist Und alle drei Stunden Zwei Löffel Rhabarbersaft / Das mindestens braucht es mein Lebensgefühl Mamma Mamma ach Mamma Und hilft irgendwie sozusagen vorwärts ja vielleicht sogar weiter – (All die Gedanken an die Ewigkeit nicht zu vergessen.)

Die Gelähmte / Zu einer Plastik von W. Förster

Ein wohlgeformter Bovist, ein erblindeter Kopf
– Ein Planetariumshimmel, der um dies zirkuliert? –,
Ein blinder Kopf oder blaß rostende Kugel,
Gelähmter Sprengkörper blind vor dem Fernsehgerät.

Homo Sapiens / Ein Bericht

Das wimmert sich durch
Noch acht Jahrhunderte lang
Dann verschwindet Es
In die Galaxien Stop
Um dort weiterzuwimmern
Nehmen wir an Herr Verzeih
Eins hier heißt seltsam Endler
Ende des Lichtstrahls
Numero zweitausendzwei

Aufruf an die Kunstarmee

1
Aufzuweisen
Daß der Mensch
In unserm Lager
Besser ist

2
Aufzuweisen
Daß der Mensch
in unserm Lager
Kräftiger ist

3
Aufzuweisen
Daß der Mensch
In unserm Lager
Viel mehr lacht

Aufwachen in W.

1

Eine Sanduhr voll Gift
Voll von Augen und Regen

2

Am Horizont links
Dies Gebirg mit drei Wegen

Ende einer Armee

– Kein Manna war es (wer hätt' es gedacht)
Als die Regenzeit über uns fiel
Es war der Lianenwald arktischer Nacht
Ein Schneesturm gewittrig und schwül
Es war ein glutheißer eisiger Wind
Nicht der Regen der schützend verhüllt
Es war ein versinkendes Heer Kind für Kind
Nach der Mutterbrust hat es gebrüllt

– Denn so schließt es So endet das Experiment
Daß was brüllt auf den Schoß will und flennt

– Äußerst seltsam Noch einmal von vorn

– Gut ich stoße gleich wieder ins Horn

Eine versunkene Glocke läutete aus dem Mund des Chefredakteurs.

Prophetisches

::::: All diese Schmeißfliegen, diese Mistkäfer alle / Werden hinweggetan werden aus meinem / Gesichtskreis zu einer Zeit, und / Dann bin ich endlich mit meiner / Briefmarkensammlung Orchideenmotive allein –

Und ein Clown begegnete mir, der hatte sein Gesicht verloren …

Fragment

....

Leere Notenständer staksig im Park
Die Orchester sind aufgelöst
Der ich das Herbstlaub hark
Und die abgebrochnen Konzerte
....

Wünsche

Ich möcht jetzt ein Buch zu Ende geschrieben haben
Ganze Herden von Sätzen zusammengetrieben haben
Die Tinte von Fingern von Stirnfalten Zähnen gerieben haben
Und dich dann hier drin und zum Lieben haben
O Coca

Zettel am Zaun

Im Häuschen rumpelt graus ein Tier
Wir hören nichts Denn wir sind's wir
Wir geilen achte zwei mal vier
Gebell Geschnauf Zermantsche schier

Kunsträtsel

Sie graben und grübeln,
Sie grübeln und graben!
Sie säen drei Zwiebeln,
Sie ernten sechs Schaben,
Es sind Menschen wie wir,
Wie Faust und King Lear;
Nur acht Meter anders
Dank harschen Expanders.
Es sind zwölf an der Zahl
Beim Danse Infernal.
Wen mag ich wohl meinen?
Na, wißt Ihr's, Ihr Kleinen?

(aus den »Heften des Irren Fürsten«)

Aufgelöstes Kunsträtsel

A.:
– Hark und hübel
Dräut's aus dem Kübel!
Was mag das wohl sein?
Ein …? Ein …? Ein …?
Ein …?

B.:
– 'N Damenbein?

A.:
Ein Damenbein!

Nach einer Lesung in Perleberg

Adieu! –
Den Zischelnden, den Zwischenrufern (*Freibier, wat?*),
Dem ganzen Störkommando dieses Widmungsblatt:
Wenn ich die Mütze jetzt vom Kopf zieh, etwas matt,
Adieu!,
Ist's vor dem Hundekot, so vielen, Eurer Stadt!

Vor Ort (per Television)

Ah diese glitzernden kleinen Paraden auf diesen kleinen glitzernden Plätzen kaum größer als eine Verkehrs- oder Raucherinsel nicht weit von der Polizeikaserne Eine halbe Zigarrenlänge genügt dem Minister welcher vor Ort seine Wähler besucht Ein Blumenrondell eine Fahnenstange die Fahne Gleich hinter der glitzernden Tribüne startbereit ein Helikopter nordamerikanischer oder sowjetischer Bauart

Randnotiz

Selbstbildnis
Neunundsiebzig
Grün und violett
Das mit dem Schrei
Im linken Auge
Rechtes zu

Kopp App

Die mich früher tagtäglich besuchten sie / hätten mich görrn wirklich görrn ehrlich / görrngörrngörrn (schon wie Lang besser / Kurzwelle klangs) Ihnen allen den Helden / von gestern yeah ohne mit der geringsten / Wade zu zucken im Zweifelsfall Kopp app

Leichenfund

… und das verwaiste Dreirad des Kindes gestern im Stadtpark als es Windstärke Neun war das irre Gequietsch vor den Bänken den menschenleeren und dann bei den Blumenrababatten als es der Sturm hin- und herrollen ließ das jetzt im zersplitterten Unterholz liegt ganz verdreht im Holunder mit atemlos starrender Klingel sein Lenker beringt der belaubte ins Vorjahrslaub greifend und …

C.

1

Ein Stückchen Schleier, bettwärtsflatternd, aufgespießt von zotigem Hohngelächter.

2

Du stetes Silbenrätsel, letzte Nacht gelöst vom wiehernden Spott Bezechter …

Marschlied

Mein *eines* Aug' leer,
Ab mein *anderes* Bein;
Ich marschier' linkszwodrei
Stolz zur Höllen hinein …
– *Na, nu mach schon* !

Chanson

Was?, mit siebenundzwanzig Mohren, Madame?
Sie lügen aus sämtlichen Rohren, Madame!
Und werden am Sonnabend siebzig, Madame!
Ich schätze Ihre Furunkel, offen gesagt!

Dilemma

1
– Wohin nur mit Mamma?

2
– Wohin mit dem Hamma?

3
– Wohin mit der Laubsäge, Kät'?

4
– Schon heere ick eene
Bullensirene!

5
– Wohin mit der Extremität?

Das Ei

Oh Frühstücksei, mürbes, das, ernst ins Auge gefaßt, ganz plötzlich zu quieken, dann zu quatschen beginnt: »Najanajanajanajanajanaja ...« Der erste Kontakt?, und jetzt das? Ein mäanderndes: »Najanajanajanaja-najanaja ...« Und sogleich ist es wieder stumm, dieses Ei, und blickt mich frech an, der ich das Silberlöffelchen zwischen Daumen und Zeigefinger klemme und ... Zum letzten Mal lugt es zu mir herauf, eh es mit einem Quietsche-Miau für immer zerrinnt.

Plötzliches Interesse für J. R. Becher:

»Der war ein Fixer? – Aah …! Das ist was anderes – Das ändert alles! Aah … ein Fixer bis zuletzt!!!«

Metamorphose

Oh des defekten Schnurrbärtchens
Jenes kränkelnden Kaskadeurs Fritz
Di Palma, ach, seit Sonnabend-
Sonntag über'm Nabel von Ruth!;
Der zwitschert zwinkernd mir zu:
»Siehe auch Abbildung oben links!«
Oder zirpt's leider doch: »... Rechts, rechts«?

Schwarze Variante

::::: meinen schrecklich verzerrten linken Winter-Pantoffel, hier in Rotterdam war es, wo ich ihn in die Regennacht hinauszuschleudern für dringend befand vor dreieinhalb Jahren; jetzt – anläßlich des POETRY INTERNATIONAL wieder in dieser Gegend – habe ich ihn tatsächlich per Zufall wiedergefunden, achtundfünfzig Wochen nach dem abrupten Verlust meines rechten Fußes und linken Oberschenkels im Salzkammergut ... No Comment! :::::

Altersweisheiten

1
Woher der Wind weht, junger Mann, dorthin fallen die Näpfe und Äpfel.

2
Haben Sie es auch schon bemerkt?: Die Sanduhren, auch die Sanduhren lassen sich immer mehr Zeit neuerdings.

3
Argweil und Edelmutz: sie seh' ich hauptsächlich und höchst mieselfein walten in allem.

4
Sieben Altersweisheiten zähl' ich erfreut; mehr hab' ich nicht auf der Flamme zur Zeit. – In zehn Jahren vielleicht drei bis vier Altersweisheiten zusätzlich, ja?

5
Na, vielleicht das noch: Kümmel und Pfefferkorn unterm splitternden Untergebiß; das Greisenalter, voilá!

(zu meinem siebzigsten Geburtstag)

(Szene-Kneipe in Berlin-Friedrichshain:)*

Wirklich irgendwo fühlt man sich als das Ufer sagen wir mal
  wo sie landen
Sind zwei Gedanken einigermaßen nur einverstanden oder so
  ähnlich
Also irgendwie hatte der schon den richtigen Riecher olle
  Karl Kraus
Tach Änne Tach Jupp Tach Robert Tach Mäcki Das mußt
  Du ihm halbwegs lassen

* Karl Kraus über den Reim: »Er ist das Ufer, wo sie landen, / sind zwei Gedanken einverstanden.«

Zwei-Zeilen-Gruss für Gregor Laschen

1
»Was ist das soeben gewesen, husch, husch, die
Geschichte?«

2
Die flatternden Hände, darinnen paar Blätter Gedichte –

Das rettende Auch

Help Help schrie ich Help
In alle elf Himmelsrichtungen
Help nach oben und unten Brrr
Da ich es herschwabbeln sah
Das sogenannte rettende Auch
Brrr auseinanderflutschend Brrr
Das Rettende Help Help Help

Zwei Epigraphe / Nach Pound

1

»Fu I, der die hohe Wolke geliebt hat und den Berghang; bedauerlicherweise gestorben am Alkohol.«

2

Die zweite Inschrift ist im ewigen Windhauch zerbröckelt; sie gilt »unserm wortgewandten ....« –
Mh, mh?

Schicksalsmoment

Wir standen im Regen und war-
Teten die Regenmäntel ringsum
Auf die Linienbusse ringsher

Die Urne

Grüß Gott!, rief ich, Tach!,
Als ich sie herbeitorkeln sah,
Die aparte graugelbe Urne »A. E.«;
Und, wie jeder sich denken kann,
Nicht ganz ohne mißlichen Riß
Dieses Dings –
»You're welcome!«

Und plötzlich sind wir, die Kinder,
Die lang nicht ins Bett woll'n,
Im Lichtkreis der Fransenlampe
Beim Abendessen, beim Nachtgebet,
Im Morgenlicht öde erwachend
Mit siebzig, mit einundsiebzig
Und schwirrem Tinnitus im Ohr.

Das Kreuzchen

Immer, wenn ich jetzt ein Manuskript zur Veröffent-
lichung herausgebe, ach,
Denke ich: Sofern es erscheint, dann mit einem Kreuz-
chen hinter meinem Namen
Eventuell. – Soll ich greinen deswegen, soll ich lächeln,
soll ich grinsen?:
Mh, daß auch der Tod eines Atheisten mit 'nem Kreuz-
chen markiert wird!
Aus dem Herbst vor dem Haus grüßt die Reklame:
»Dank den Ehrenamtlichen im Sport!«;
Paßt ganz gut, was?

Chamber Music

Drei Regentropfen von vielen, lebensmüde und wie alles
nicht mehr ganz echt:
»Zergrübelte Mahlzeit!«
»Noch Appetit?«
»Auf zum letzten Gefecht!«

Drei Biographien

1
Entwicklungsroman

Das zünftige Mädel
Die Partnerin die patente
Diese endlich mal wirkliche Dame
»Du alte versoffene Sau«

2
It's life

::: Geboren in Autobahnnähe
::: Zwei Doktortitel erworben
::: Gestorben in Autobahnnähe
::: Führerscheinlos

3
Der Bodybuilder M.

»Ist er auf sein Mäuschen wütend, prügelt er den Wagen ...«
– Ist er auf den Wagen wütend, prügelt er sein Mäuschen?
»Sie sehen doch, daß er einen gebrochenen Unterarm hat!«

Blitzschnell sein Sündenregister zu zücken bei der Personenkontrolle o.ä. und nicht nur das eine sondern gleich mehrere um sie dann kaltblütig reinzuklatschen alle sieben Sündenregister gleichzeitig jener *interessierten* Öffentlichkeit in die Plauze Ja das zumindest sollte man gelernt haben seit der Jahrtausendwende bzw. bis zum nächsten Donnerstag oder Freitag Um das alles auf einen Nenner zu bringen Ei niemals im Leben einen Schuhplattler auf die Reihe gekriegt Ei das war's

Schlimmes Auge

Am staubigen Küchenfenster, halb geschlossen,
Und in Erwartung eines stäubenden Irgendetwas
Dieses mein staubiges Auge, halb geschlossen.

Mit sechsundsiebzig

Ach, die Jahre kürzer und kürzer
Wie länger die Straße, die Straße –

René Char folgend:

1

Für einen dichten Schmerz, wenn schon Schmerz.

2

Kein Ausweg; allein die tausend Jahre alte Geduld, auf die wir uns plappernd verlassen.

3

Schlaft, Ihr Hoffnungslosen; bald ist es Tag; ein Wintertag bald.

(Zu dem Foto »Vogel im Park« von Robert Häusser)

Endlers Blog

Eine Rose ist eine Rose ist eine Rose ist eine Rose
Und Auschwitz ist Auschwitz ist Auschwitz ist
Auschwitz

Schneekönigin

Mein Hirn ist Nordpol Eis
Aus meinem Aug' fällt Kälte weiß
Dezemberwind über dich her
Hungrige speis' ich mit Eisblumenkost
Frierende hüll' ich in Frost
In meinem Aug' vereist Schnee

(Zu dem Foto »Definitivum« von Robert Häusser)

UND WIR ALLE mit dem Pappeschildchen, ach,
Am starren nackten Fuß *zuguterletzt*!

Statt eines Epilogs

Nach Konstantinos Kavafis*

Als spürbar wird der Stimmungsumschwung Makedoniens
Und immer offener der Name *Pyrrhus* fällt
Verhält er sich, König Demetrios, Besitzer
Starker Seele, mitnichten, wie man hören kann,
Besonders königlich. Die goldene Gewandung,
Er zieht sie, als wär's nichts, ganz einfach aus,
Und in die Ecke fliegen auch die purpurroten Schuhe;
Dann wirft er sich, und zwar in größter Hast,
In irgendeinen Dutzendrock – und ist entkommen,
Durchaus dem Mimen eine Schauspieltruppe ähnelnd,
Der rasch, sobald die Vorstellung zu Ende ist,
Die Kostümierung wechselt und ganz einfach fortgeht.

* Dem entsprechenden griechischen Text von Kavafis ist als Motto ein Satz von Plutarch vorangestellt: »Als König nicht entkam er, sondern als Schauspieler verkleidet, in dunkler Chlamys statt im anderen, gleichfalls tragödienhaften Kleid, und ungesehen.«

Nachbemerkung

Manche dieser kurzen Gedichte begnügen sich mit einer einzigen Zeile, die meisten kommen mit fünf oder zwölf Zeilen o.ä. aus, keines findet sich in dem Sammelband »Der Pudding der Apokalypse« (1999). Wie man sich denken kann, handelt es sich oft um sogenannte »Gelegenheitsgedichte«, auf ein bestimmtes Ereignis bezogen, einem bestimmten Adressaten gewidmet, wenn sie nicht ein mehr oder weniger zufälliges Nebenher sind. Ein Teil der Texte findet sich in früheren Gedichtbändchen, die bei der Zusammenstellung des »Pudding« nicht berücksichtigt worden sind, eine andere Gruppe ist in den letzten Jahren entstanden. Natürlich wird die Kollektion wiederum zu einer Dokumentation der zuweilen reichlich krummen Wege meines Lebens: Frühes und Spätes kommentieren sich gegenseitig.

Adolf Endler, Dezember 2006

Inhalt

Bibliografische Information der Deutschen Nationalbibliothek
Die Deutsche Nationalbibliothek verzeichnet diese Publikation in der Deutschen Nationalbibliografie; detaillierte bibliografische Daten sind im Internet über http://dnb.d-nb.de abrufbar.

www.wallstein-verlag.de
Vom Wallstein Verlag gesetzt aus der Stempel Garamond
Umschlaggestaltung: Susanne Gerhards, Düsseldorf
Druck: Friedrich Pustet, Regensburg
ISBN 978-3-8353-0165-8

Adolf Endler
Nebbich
Eine deutsche Karriere
292 S., geb., Schutzumschlag
ISBN 978-3-89244-839-6

»Was hier an skurrilen Tagebuchnotaten, zeitkritischen Glossen, witzigen Capriccios und essayistischen Porträts kompiliert wird, schreibt die heiter-sarkastische Ethnographie der kollabierenden DDR fort …«

Michael Braun, Der Tagesspiegel

»Von Bobbi Bergermann lernen, heißt siegen lernen. Und Endler lesen, das bedeutet, einen Blick auf eine zur Kenntlichkeit verzerrte DDR zu werfen.«

Calus-Ulrich Bielefeld, Die Welt

Manfred Peter Hein
Aufriß des Lichts
Späte Gedichte 2000-2005
134 S., geb., Schutzumschlag
ISBN 978-3-8353-0041-5

»Heins Gedächtnisverse vermessen den Raum des Sagbaren und halten die Erinnerung wach. Hellsichtig sind sie und dunkel zugleich, hart und dann wieder geschmeidig.«

Nico Bleutge, Neue Zürcher Zeitung

Hendrik Rost
Im Atemweg des Passagiers
Gedichte
92 S., geb., Schutzumschlag
ISBN 978-3-89244-994-2

»Niemals … treibt in den Gedichten der Gedanke in philosophische Abstraktion, immer wirft er Anker in der Anschaulichkeit.«

Walter Hinck, Frankfurter Allgemeine Zeitung

www.wallstein-verlag.de

Roman Bucheli (Hg.)
Wohin geht das Gedicht?
Mit Beiträgen von Andruchowytsch bis Zagajewski
126 S., geb., Schutzumschlag
ISBN 978-3-89244-993-5

»Liebevoller und ernster Witz finden sich glücklicherweise öfter in den Beiträgen, die vor allem dort überzeugen, wo sie Poetologie an den Entstehungsgeschichten einzelner Gedichte exemplifizieren.«

Rolf-Bernhard Essig, Süddeutsche Zeitung

Harald Hartung
Ein Unterton von Glück
Über Dichter und Gedichte
160 S., geb., Schutzumschlag
ISBN 978-3-8353-0181-8

Harald Hartung gilt als einer der besten Lyrikkenner. Seine Kritiken setzen Maßstäbe. In Essays und Anthologien bringt er uns die Stimmen der Weltlyrik nahe.

Ruth Klüger
Gemalte Fensterscheiben
Über Lyrik
252 S., geb., Schutzumschlag
ISBN 978-3-89244-490-9

»Ruth Klügers Argumentation ist scharfsinnig, ihr Stil lakonisch und pointiert, ihr Urteil unerbittlich, aber immer nachvollziehbar. Sie spricht ebenso eigensinnig wie eigenständig. Und jedenfalls mit unüberhörbarer Stimme.«

Sigrid Löffler